AF455700

L'AMOUR DIABLE,

COMÉDIE.

par Mr. Legrand

1708.

ACTEURS.

FOLIDOR, *Souffleur.*

LÉANDRE, *Amant d'Hortense.*

FRANCILLON, *jeune écolier, fils de Folidor & d'Elise.*

POLYCRASSE, *Précepteur de Francillon.*

VALENTIN, *Valet de Léandre.*

ÉLISE, *Femme de Folidor.*

HORTENSE, *fille de Folidor & d'Élise.*

NÉRINE, *suivante d'Hortense.*

MUSICIENS ET MUSICIENNES.

La Scene est à Paris dans la maison de Folidor.

L'AMOUR DIABLE, COMÉDIE.

SCENE PREMIERE.

HORTENSE, NÉRINE.

NÉRINE.

VOILA plus de dix fois que je vais, que je viens ;
Personne ne paroît.

HORTENSE.

Quels chagrins sont les miens !
Les mesures, sans doute, auront été mal prises ;
Car Léandre m'écrit qu'à huit heures précises
Il saura se trouver dans cet appartement :
Il en est bien-tôt neuf.

NÉRINE.

Oh ! quel empreſſement !
Votre pere vous tient dans ce lieu renfermée,
Depuis un mois ; & c'eſt pour être accoutumée....

HORTENSE.

Reliſons cette lettre.

NÉRINE.

Hé bien ! reliſons-la,
Même choſe toujours, je crois, s'y trouvera;
Et, ſans qu'il ſoit beſoin de la lire & relire,
Si vous voulez, par cœur je m'en vais vous la dire.

» Je ſuis occupé, depuis trois jours, à faire percer
» un plancher qui ſe trouve au-deſſous de la ſalle
» voiſine de votre appartement, j'eſpere......

HORTENSE.

Il ſe ſera mépris peut-être de plancher.

NÉRINE.

Un peu de patience; il faut encor chercher.
(*regardant le parquet.*)
Je crois appercevoir ici quelque ouverture.

HORTENSE.

En effet, au parquet je vois une coupure ;
Sans doute que par-là Léandre doit venir.

NÉRINE.

Que vous aurez de joie à vous entretenir !
Avec tous ſes verroux, Folidor, votre pere,
Sera bien attrapé ! Ma foi, l'on a beau faire,

Il n'eſt rien dont l'amour ne vienne enfin à bout.
Porte, plancher, muraille, un Amant force tout.
Voyez-vous au parquet une eſpece de trappe ?

HORTENSE.

Et ſi, par un malheur, tout l'ouvrage s'échappe,
Et va bleſſer quelqu'un....

NÉRINE.

Qui pourroit-on bleſſer ?

HORTENSE.

Ceux qui, chez Sauterot, vont apprendre à danſer:
Sa ſalle eſt là-deſſous; les leçons qu'il y donne....

NÉRINE.

Fi donc ! depuis trois mois il n'y vient plus perſonne.
La ſalle ne vaut pas par mois un quart d'écu.
Léandre à ſon ſecours eſt à propos venu.
Cent louis qu'il lui donne, afin d'en être maître,
Lui feront bien plaiſir.

HORTENSE.

Mais Sauterot peut-être
Ira tout découvrir ?

NÉRINE.

Peſte ! il n'oſe jaſer;
Allez, il eſt diſcret, quoique Maître à danſer;
Et d'ailleurs, s'il parloit, il ſe perdroit lui-même.
N'eſt-il donc pas d'accord de tout le ſtratagême ?
On perce ſon plancher, parce qu'il le veut bien:
On ne lui donne pas cent louis d'or pour rien.

HORTENSE.

Et ſi mon pere vient dans le tems que Léandre....

NÉRINE.

Non, non, ne craignez point qu'il vienne vous
surprendre ;
Il s'est couché si tard qu'il est encore au lit.

HORTENSE.

Qu'est-ce donc qu'il fit tant hier au soir ?

NÉRINE.

Ce qu'il fit ?
Il se mit à souffler ; il fondit nos mouchettes,
Ne trouvant en ses mains ni cuillers ni fourchettes.
Il avoit avec lui le petit Francillon,
Qui l'aidoit à souffler.

HORTENSE.

Mon petit frere ? bon !
Tu te moques.

NÉRINE.

Ma foi, votre pere commence
A l'instruire déjà de sa belle science.
Il lui montre comment, par regle & par raison,
Il faut un jour....

HORTENSE.

Fort bien ! ruiner sa maison.
Objet de mille fous, pierre philosophale,
Hélas ! qu'à mon repos tu te trouves fatale !
Que mon pere est cruel !

NÉRINE.

Ou bien fou. Les esprits
L'occupent tellement & les jours & les nuits,
Qu'il perd le sien. Ma foi c'est un visionnaire.

Il fait venir chez lui Léandre & le Notaire,
Ses amis, ses parens ; en un mot le contrat
Étoit prêt à signer, lorsqu'il lui prend un rat.
Quoique Léandre eût fait de très-grandes dépenses,
Il contremande tout, festin, musique, danses.
Et pourquoi tout cela? Parce que, par malheur,
Il venoit de manquer le degré de chaleur.
Bien plus, il fait serment qu'il n'aura point de gendre,
Qu'il n'ait achevé l'œuvre.

HORTENSE.

Et je jure à Léandre,
Que, si mon pere encor differe à l'accepter,
Pour me donner à lui je saurai tout tenter ;
Que je suivrai sa bonne ou mauvaise fortune.

NÉRINE

Ce sera fort bien fait. Dès ce soir, sur la brune,
Sans avertir personne & sans prendre congé,
Un bon enlévement... & tout est délogé.

HORTENSE.

Dès ce soir?

NÉRINE.

Pourquoi non? Madame votre mere
Saura bien tenir tête à Monsieur votre pere.
Elle est maîtresse femme alors qu'elle s'y met.
Proposons-lui. Gageons qu'elle vous le permet.

HORTENSE.

Il faut l'en avertir ; mais je crains pour Léandre...

NÉRINE.

Notre ami Valentin saura tout entreprendre,

HORTENSE.

Quel eſt ce Valentin ?

NÉRINE.

C'eſt un garçon bien fait,
Que depuis peu Léandre a choiſi pour valet ;
C'eſt un ruſé manœuvre. Et c'eſt un avantage,
Que votre pere encor n'ait point vu ſon viſage ;
Il pourra le tromper bien plus facilement.

HORTENSE.

Nérine, que Léandre a peu d'empreſſement !
Hé ! ne devroit-il pas... Mais la trappe remue.

(*La trappe s'ouvre.*)

NÉRINE.

Ce ſont eux.

HORTENSE.

De frayeur je ſens mon ame émue.

NÉRINE.

Et moi d'amour, Madame.

SCENE II.

LÉANDRE, HORTENSE, VALENTIN, NÉRINE.

VALENTIN, *sortant de la trappe avec Léandre.*

Enfin nous y voici.
Hé bien, qu'est-ce ? comment se porte-t-on ici ?

LÉANDRE.

Enfin après un mois je vous revois, Hortense.
Que ce moment tardoit à mon impatience !
Non, je ne songe plus à mes chagrins passés;
Et quelque désespoir.....

VALENTIN.

Ah ! comme vous jasez!
Nous sommes, par machine, entrés céans ; peut-être
On nous fera tous deux voler par la fenêtre,
Allons d'abord au fait.

LÉANDRE.

Vous ne me dites rien ?
Hortense, votre amour n'est pas égal au mien.

HORTENSE.

De plus d'une façon l'amour se fait connoître.
Dans vos transports charmans le vôtre sait paroître;
Et moi, lorsque je crains que dans votre entretien....

VALENTIN.

Suffit. Vous nous aimez, & nous le ſavons bien.
Nous avons entendu, cachés ſous cette trappe....

NÉRINE.

On entend de là-bas ?

VALENTIN.

Pas un ſeul mot n'échappe.
Tiens, Madame a juré de ſe donner à nous,
Si l'on nous refuſoit plus long-tems pour époux.
Toi....

NÉRINE.

Je n'ai rien juré.

VALENTIN.

Tu m'as rendu juſtice,
Tu m'as trouvé bien fait.

NÉRINE.

Mais par quelle malice
Nous faire tant languir ?

VALENTIN.

Moi, j'étois occupé
A crouſtiller là-bas les reſtes du ſouper.
Nous avons travaillé la nuit comme le Diable,
Et bu..... Nos ouvriers ſont encor ſous la table,
Je les ai bien griſés.

NÉRINE.

Pourquoi donc ce matin
Boire encor ?

VALENTIN.

Nous avons vingt bouteilles de vin,
Toutes pleines là-bas.

LÉANDRE.

LÉANDRE.

Toujours parler de boire!
Et l'affaire ....

VALENTIN.

Elle est faite, & vous m'en pouvez croire.

HORTENSE.

Quelle affaire?

VALENTIN.

Un moyen pour servir votre amour,
Et qui vous donnera l'un à l'autre en ce jour.

LÉANDRE.

Pour moi, je doute fort que cela réussisse,
Lorsque par un enfant se conduit l'artifice.

HORTENSE.

Quel enfant?

LÉANDRE.

Francillon votre frere.

HORTENSE.

Comment?

VALENTIN.

Instruit que votre Pere avoit fait un serment
De ne point marier absolument sa Fille,
Qu'il n'eût, en faisant l'or, enrichi sa famille;
Jugeant de son esprit par cet entêtement,
Et qu'il ne voudroit pas fausser son beau serment,
J'ai gâgné Francillon par de belles paroles,
Et j'ai fait à ses yeux briller quelques pistoles:
Il fera tout pour nous.

HORTENSE.

Que peut-il faire encor ?

VALENTIN.

J'ai mis entre ſes mains un certain lingot d'or,
Que m'a donné Monſieur : & notre petit Drôle...
Suffit, il eſt inſtruit, & fera bien ſon rôle.
Votre Pere croira.....

HORTENSE.

J'entrevois ton projet.
Mais, ſi malgré tes ſoins, il n'avoit point d'effet ?

VALENTIN.

Recours à d'autres. Moi, jamais je ne me laſſe :
Et je pourrai jouer cent tours de paſſe-paſſe,
Par cette trappe-là. Nous ſommes avancés,
La tranchée eſt ouverte, une fois ; c'eſt aſſez.
Et comme le bon-homme a plus d'une folie,
Qu'il aime la Muſique autant que la Chymie,
Au tems du dénouement, avec une chanſon,
S'il ſe fâche, on ſaura le mettre à la raiſon.
Sauterot a mandé ſes amis, ſes amies,
Tous gens de l'Opéra, dont les voix ſont jolies ;
Ils doivent ſe trouver ici tantôt.

LÉANDRE.

Fort bien.

VALENTIN.

Vous voyez bien, Monſieur, qu'on n'a négligé rien.

NÉRINE.

Auſſi ſommes-nous ſûrs d'une ample récompenſe.
Mais j'entends quelque bruit.

HORTENSE.

C'eſt mon Frere, je penſe.

SCENE III.

HORTENSE, NÉRINE, LÉANDRE ; VALENTIN, FRANCILLON.

VALENTIN.

HÉ ! bon jour, Francill.

FRANCILLON.

Ah ! Meſſieurs les Amants,
Je vous croyois dehors, & vous êtes dedans :
Eſt-ce que vous auriez enfoncé notre porte ?
La ſerrure pourtant en eſt rudement forte.
Non ſeulement la nuit, mais encore le jour,
Notre pere la tient fermée à double tour.
Il extravague, au moins, le bon-homme de Pere !
Parce qu'il hait ma Sœur, quand il eſt en colere,
Il lui donne par-ci, par-là quelque ſoufflet ;
Et moi, parce qu'il m'aime, il me donne le fouet.

LÉANDRE.

Il eſt donc fort égal, qu'il aime, ou qu'il haïſſe.

FRANCILLON.

Ma foi, je ne veux plus eſſuyer ſon caprice ;
Je me laſſe de voir ſon ménage de chien,
Je me vais enrôler au premier jour.

VALENTIN.

Fort bien.

FRANCILLON.

Il semble né pour faire enrager fils & fille.
Mais qui peut donc avoir mis dans notre famille
Ce Pere-là ?

VALENTIN.

Laissons votre Pere en repos.

FRANCILLON.

Qu'il nous y laisse, nous.

VALENTIN.

Pour changer de propos,
Peut-on savoir de vous, si....

FRANCILLON.

J'ai fait votre affaire.

LÉANDRE.

Et de quand ?

FRANCILLON.

D'hier au soir.

LÉANDRE.

Et qu'a dit votre Pere ?

FRANCILLON.

Ma foi, je ne sais pas, car j'allai me coucher.
Mais je ne pense pas qu'il ait dû se fâcher,
Trouvant ce qu'il cherchoit.

VALENTIN.

Contez-nous cette histoire.

FRANCILLON.

Hier au ſoir, le ſachant dans ſon Laboratoire,
J'y monte, & ſur le feu j'y vois un des creuſets,
Où d'ordinaire il fait ſes plus hardis eſſais;
Il étoit plein d'argent, & de quelqu'autre choſe
Dont, d'inſtant en inſtant, il redoubloit la doſe:
Je m'approche & je ſouffle. Ah! Le joli garçon!
Dit-il; nous en ferons quelque choſe de bon.
Je faiſois l'innocent, en ſongeant en moi-même
Comment je pourrois mettre à bout le ſtratagême.

VALENTIN.

Après?

FRANCILLON.

Ayant ſoufflé trois bons quarts d'heure & plus,
Mon Pere, las de voir ſes efforts ſuperflus,
Entre en ſon cabinet bruſquement, ſans rien dire;
Je l'entends parler ſeul, après je l'entends lire;
Mais il liſoit des mots, que je ſerois dix ans
A retenir. Enfin, ſans perdre plus de tems,
Je vous prends le creuſet avecque des pincettes,
J'en renverſe l'argent; & puis, ces choſes faites,
J'y mets le lingot d'or en la place.

VALENTIN.

Fort bien.
Il fut fondu d'abord?

FRANCILLON.

Bon, preſque en moins de rien.
Mon Pere s'en revint, murmurant en lui-même,
Les yeux tout égarés, & le viſage blême;
Il approche du feu.

VALENTIN.

Sut-il s'appercevoir ? . ...

FRANCILLON.

Ma foi, je lui donnai ſur le champ le bon ſoir,
Et ne vis point la ſuite. Oh! çà, mon cher beau-frere,
J'ai bien eu de la peine.

LÉANDRE.

En voici le ſalaire,
Trois Louis; & dans peu je ſaurai vous prouver...

FRANCILLON.

Quand ils ſeront mangés, j'irai vous retrouver.
(*Il s'en va, & revient ſur ſes pas.*)
J'entends mon Précepteur.

LÉANDRE.

Quoi? Monſieur Polycraſſe?

FRANCILLON.

Lui-même.

HORTENSE.

Juſte Ciel!

LÉANDRE.

Que faut-il que je faſſe?

VALENTIN, *voulant rentrer dans la trappe.*

Rentrons. Mais il nous voit.

SCENE IV.

LÉANDRE, HORTENSE, FRANCILLON, POLYCRASSE, VALENTIN, NÉRINE.

POLYCRASSE.

ICI que faites-vous ?
Quoi ! dans la bergerie on enferme les loups ?

LÉANDRE.

Monsieur, parlez plus bas.

POLYCRASSE.

Deux garçons & deux filles !
De quoi nous servent donc les portes & les grilles,
Si ces loups ravissans sont parmi nos troupeaux ?

VALENTIN.

Nous ne sommes point loups, nous sommes des agneaux.

(Lui présentant une bourse.)

Si notre toison d'or appaisoit votre bile ?....

POLYCRASSE.

Oh! que je ne suis pas un mortel si facile !

FRANCILLON.

Hé ! » Domine.

POLYCRASSE.

» Tace.

LÉANDRE.

Ne faites point de bruit.

POLYCRASSE.

Il faut que de ceci Folidor ſoit inſtruit:
Il m'a fait précepteur de toute la famille ;
Ainſi que ſur le fils, j'ai pouvoir ſur la fille.

LÉANDRE.

Hortenſe, dès-long-tems a mon cœur & ma foi :
Et vous ſavez, Monſieur ....

POLYCRASSE

Et que m'importe à moi ?

NÉRINE.

Il faut que je m'en mêle... Oh ! çà, cher Polycraſſe.

POLYCRASSE, *la rebutant.*

» Vade retrò.

NÉRINE.

Je vois qu'il faut que je l'embraſſe.

POLYCRASSE,

Ah ! Crocodile !

NÉRINE, *l'embraſſant.*

Au nom de notre paſſion...

POLYCRASSE.

Ouf ! je crains de tomber dans la tentation.
Allons vîte avertir....

HORTENSE.

O Ciel ! j'entends mon Pere,
Que vais-je devenir ?

VALENTIN.

Et nous, qu'allons nous faire ?

LÉANDRE.

Valentin, tire nous promptement d'embaras.

POLYCRASSE.

Oh ! je vais....

VALENTIN, *le retenant & l'enfonçant dans la trappe avec Léandre & Francillon.*

Oh ! parbleu, tu descendras là-bas.

POLYCRASSE, *tombant.*

Au secours !

FRANCILLON, *tombant.*

Ah !

VALENTIN, *à Léandre.*

Sur vous refermez bien la trappe.

SCENE V.

VALENTIN, HORTENSE, NÉRINE.

VALENTIN, *à Nérine.*

MAIS moi, comment faut-il qu'à présent je m'échappe ?

NÉRINE.

Cache-toi sous la table.

VALENTIN, *se cachant sous la table.*

Il est vrai, c'est bien dit.

HORTENSE.

Que fera-t-on, dis-moi, de ce pédant maudit?

NÉRINE.

Ils ont de quoi là-bas; qu'ils le faſſent bien boire:
Il ne hait pas le vin, à ce que je puis croire.

HORTENSE.

Tais-toi, mon Pere vient.

NÉRINE.

Et votre mere auſſi.

SCENE VI.

FOLIDOR, ÉLISE, HORTENSE, NÉRINE, VALENTIN, *ſous la table.*

ÉLISE.

NE puis-je donc ſcavoir quel chagrin, quel ſouci
Vous vient de réveiller en ſurſaut?

FOLIDOR.

Ah! ma femme,
Je ſuis perdu.

ÉLISE.

Quel trouble agite donc votre ame?
Pourquoi courir ainſi de la cave au grenier,
Du grenier à la cave? Il faudra vous lier,
Si cela continue. Au moins daignez m'apprendre...

FOLIDOR, *à Nérine.*
Où donc est Francillon ? il m'a semblé l'entendre.
ÉLISE.
Mon Dieu ! sans ce cher fils tout vous est odieux !
Ce n'est que pour lui seul que vous avez des yeux :
Aussi le gâtez-vous ; car jamais à son âge
On ne vit un enfant d'un tel libertinage.
Votre exemple, après tout, lui fait avoir raison ;
Il vous voit gouverner si bien votre maison !
FOLIDOR, *à Nérine.*
Faites-le-moi venir.
HORTENSE, *bas.*
Ah ! je tremble, Nérine.
FOLIDOR, *à Hortense.*
Et vous, retirez-vous, votre aspect me chagrine.

SCENE VII.

FOLIDOR, ÉLISE, VALENTIN, *sous la table.*

ÉLISE.
COMME vous renvoyez votre fille !
FOLIDOR.
Ma foi !
J'ai toûjours fort douté qu'elle fût bien à moi ;
Et je crois que quelqu'un l'a changée en nourrice ;
Que cela soit, ou non, je la hais.

ÉLISE.

Quel caprice !

FOLIDOR.

Laiſſons-là votre fille, & ne ſongeons qu'à moi :
Je ſuis au déſeſpoir.

ÉLISE.

Mais ſachons donc pourquoi ?
Ne me direz-vous point l'aventure fatale....

FOLIDOR,

Je t'ai trouvée enfin, Pierre Philoſophale !
Mais hélas, à quel prix ?

ÉLISE.

Quoi ! vous avez trouvé ?...

FOLIDOR.

Oui, ma femme ; à la fin l'œuvre s'eſt achevé ;
J'ai fait de l'or.

ÉLISE.

De l'or !

FOLIDOR.

Oui, j'en ai fait, vous dis-je.

ÉLISE.

Vous avez fait de l'or, & cela vous afflige ?
Quoi ! c'eſt-là le ſujet qui vous rend ſi fâché ?
Vous qui cherchiez...

FOLIDOR.

J'ai fait un fort mauvais marché,
Sans le ſavoir pourtant.

ÉLISE.

Ne pouvez-vous me dire...

FOLIDOR.

Écoutez, puiſqu'il faut enfin vous en inſtruire.
Hier au ſoir, ennuyé de ſouffler vainement,
Et de manquer toujours ce fortuné moment,
Ce degré de chaleur, où, par certain mêlange,
Par certaine vertu l'argent en or ſe change :
» C'eſt trop, dis-je, c'eſt trop me fatiguer en vain;
» Employons un pouvoir au deſſus de l'humain.
En colere je ſors de mon Laboratoire,
J'entre en mon cabinet, & j'aveins un Grimoire,
Que j'avois eu jadis d'un vieil Egyptien;
Je le lis tout du long, ſans y comprendre rien,
Tremblant à chaque mot que ma bouche prononce;
Et, l'ayant lu, je fuis ſans attendre réponſe.

ÉLISE.

Hé bien! de tout cela, quoi? qu'eſt-il arrivé?

FOLIDOR.

Je trouve, à mon retour, que l'œuvre eſt achevé.
Vos mouchettes d'argent, que vous croyez perdues...

ÉLISE.

Hé bien?

FOLIDOR.

Je les avois dans un creuſet fondues,
Et j'ai trouvé cet or en la place. Tenez.
(*En lui montrant le lingot d'or.*)
N'eſt-ce pas là de l'or? voyez, examinez.

ÉLISE, *prenant le lingot d'or.*

Oui, c'en eſt en effet. Que j'étois malheureuſe,
De vous tant quereller!

FOLIDOR.

Cela vous rend joyeuse,
Dans le tems que je suis accablé de chagrin.

ÉLISE.

Nous allons marier votre fille à la fin.
Dès aujourd'hui je vais faire avertir Léandre :
Depuis assez-long-tems vous le faites attendre;
Mais voici l'heureux jour....

FOLIDOR.

Pas tout-à-fait encor.

ÉLISE.

Que voulez-vous de plus ? vous avez fait de l'or;
Et vous avez promis....

FOLIDOR.

D'accord; mais le Grimoire
N'a-t-il rien fait, ma femme ?

ÉLISE.

Hé quoi ! pouvez-vous croire...

FOLIDOR.

Oui, je crois que cet or par le Diable est produit;
Et, pour vous dire tout, je l'ai vu cette nuit.

ÉLISE, *riant.*

Vous avez vu le Diable ? & qu'a-t-il pu vous dire?
Que je sache....

FOLIDOR.

Oui, riez; voilà bien de quoi rire.

ÉLISE.

Vous avez vu le Diable ?

FOLIDOR.

Oui, comme je vous voi.

ÉLISE.

Et dans quelle figure ?

FOLIDOR.

En homme, comme moi ;
Mais l'air d'un petit-Maître, & rempli d'arrogance:
Il faisoit le gros dos, & l'homme d'importance.
» Tout ce que tu voudras, en or sera changé,
» Commande ; à t'obéir je me suis engagé,
» M'a-t-il dit ; de trésor je te ferai largesse :
» Mais aussi souviens-toi de tenir ta promesse.
» Dans un mois au plus tard je viendrai te chercher.

ÉLISE.

Ah ! que dites-vous-là ? Gardez de m'approcher:
Je ne veux plus vous voir.

FOLIDOR.

Ma femme !

ÉLISE.

Misérable !
Qu'avez-vous fait ?

FOLIDOR.

C'étoit...

ÉLISE.

Allez vous-en au Diable.

FOLIDOR.

Quand j'ai lu ce Grimoire où je n'entendois rien,
C'étoit dans le dessein de m'acquérir du bien ;

Et je ne croyois pas au Diable rien promettre.
Un tems si court encor ! si je pouvois remetre,
Je me consolerois...

ÉLISE., *s'adoucissant.*

Il faut prendre parti,
Et n'avoir pas du moins ici le démenti.
Puisqu'on vous a promis de l'or en abondance,
Souhaitez-en pour nous, nous prendrons patience;
Il faut d'un mauvais pas se tirer comme on peut;
Et que le Diable après....

FOLIDOR.

M'emporte, s'il le veut,
N'est-ce pas ? Vous croyez qu'en mon état funeste
Je voudrois enrichir des gens que je déteste ?
Quoi ! votre fille & vous?...

ÉLISE.

Autant qu'il vous plaira,
Haïssez-nous, le Diable au moins nous vengera.

FOLIDOR.

Hé ! de quel souvenir m'attristez-vous, ma femme!
Hélas ! n'augmentez-point le trouble de mon ame.
Non, je ne vous hais point, pardonnez au transport...

ÉLISE.

Au transport de folie.

FOLIDOR.

Hé bien ! j'en suis d'accord;

Chacun a ſa folie, & ma peur fait la mienne.
Je crains qu'en ce moment le Diable ne revienne.
Demeurez avec moi, vous pourrez l'amuſer;
On dit qu'avec le ſexe il ſe plaît à jaſer.

ÉLISE.

Peut-on être auſſi fou ! Toute la nuit entiere
Vous avez en dormant ronflé d'une maniere
Que je n'ai pas clos l'œil, & ſi je n'ai rien vu.
C'eſt quelque ſonge affreux qui vous aura déçu.

FOLIDOR.

Quoi ! ce ſeroit un ſonge ?

ÉLISE.

Oui, je vous en aſſure.

FOLIDOR.

Que je ſerois heureux ! Mais par quelle aventure
Aurois-je fait de l'or ? dites moi.

ÉLISE.

Par hazard.
N'aviez-vous pas eſpoir d'en faire tôt ou tard ?

FOLIDOR.

Oui, vous avez raiſon ; & c'eſt peut-être un ſonge,
Qui, ſe mêlant d'abord au chagrin qui me ronge,
Aura dans mon eſprit paſſé pour vérité.

SCENE VIII.

FOLIDOR, ÉLISE, NÉRINE.

NÉRINE.

MONSIEUR....

FOLIDOR.

Où Francillon étoit-il arrêté?

NÉRINE.

Monſieur....

FOLIDOR.

Hé bien! Monſieur?

NÉRINE.

Je ne trouve perſonne,
Ni fils, ni précepteur.

FOLIDOR.

Ah! que cela m'étonne!

(*Tirant ſes clefs.*)

Voilà mes clefs, je ſais que toute ma maiſon
Eſt doublement fermée! Ah! je perds la raiſon.
Je ne me connois plus, & je n'y vois plus goute.
Le Diable les a pris pour les gages ſans doute.

(*Il appelle.*)

Polycraſſe.

POLYCRASSE, *de dessous la trappe.*

Monsieur.

FOLIDOR,

Je ne me trompois pas.

D'où me répondez-vous ?

POLYCRASSE.

On nous tient ici-bas.

ÉLISE,

Je ne sais plus qu'en dire, & la chose est trop forte.

(*Elle lui arrache ses clefs.*)

Donnez-moi promptement les clefs de notre porte :
Je veux sortir.

FOLIDOR.

Restez.

ÉLISE, *fuyant.*

J'ai trop de peur, je cours
Pour vous faire venir au plutôt du secours.

SCENE IX.

FOLIDOR, VALENTIN, *sortant de dessous la table pour rentrer dans la trappe.*

FOLIDOR.

Je sors aussi... Mais, Ciel ! que vois-je sous la table ?
Ah ! me voilà perdu. Qu'est-ce là ?

VALENTIN, *effrayé.*

C'est le Diable.

FOLIDOR, *effrayé.*

Ah !

VALENTIN, *se rassurant peu-à-peu.*

Si tu fais du bruit, je te tordrai le cou.
J'aurois pu me changer en Ours, en Loup-garou,
En Greffier, en Sergent, en bête plus vilaine :
Mais, pour moins t'effrayer, j'ai pris figure humaine.
Tu t'étonnes de voir le Diable ainsi vêtu.
Cette nuit je te suis autrement apparu,
Beau diamant au doigt, pomme d'or à la canne,
L'air fier, j'étois alors Commis de la Douane :
Mais ayant par hazard trouvé dans mon chemin
Un laquais, qui, lassé de son triste destin,
M'a dit qu'il se donnoit à moi, si ma puissance
Le pouvoit sur le champ tirer de l'indigence ;

Aussi-tôt j'ai troqué mon habit pour le sien ;
J'en ai fait un Commis, & l'ai changé si bien,
Que lui-même à présent a peine à se connoître.

FOLIDOR.

Hélas ! dans quelque état que vous puissiez paroître,
Sachant que c'est le Diable, en a-t-on moins de peur ?

VALENTIN.

Là, ne t'allarme point, dissipe ta frayeur :
Je ne viens point encor pour prendre ta personne ;
Ce n'est que dans un mois.

FOLIDOR.

Au Diable l'on se donne
En lisant un Grimoire ?

VALENTIN.

Hé ! n'es-tu pas content ?
Je t'ai fait hier trouver ce que tu cherchois tant.
Tu n'as qu'à souhaiter.

FOLIDOR.

Je suis inconsolable.
Ayez pitié de moi.

VALENTIN.

Le Diable pitoyable !
Tu te moques ; tes pleurs sont ici superflus.

FOLIDOR.

Et mon fils, mon cher fils ?

VALENTIN.

Tu ne le verras plus.
Car, lorsque je serai contraint de te le rendre,
C'est dans ce même instant que je viendrai te prendre.

FOLIDOR.

Hé quoi ! tous mes efforts ne me ſervent de rien ?
Je ne puis me ſauver ?

VALENTIN.

Il n'en eſt qu'un moyen.

FOLIDOR.

Quel eſt-il ? ah ! déja l'eſpoir rentre en mon ame.

VALENTIN.

De me donner quelqu'autre en ta place.

FOLIDOR.

Ma femme ?
Prenez : je vous la donne, & de grand cœur, ma foi.

VALENTIN.

Oh ! je n'en doute pas ; mais je n'en veux point moi.
Des femmes, j'en ai tant que je n'en ſais que faire ;
C'eſt de tous les maris le préſent ordinaire.
Tu m'as donné la tienne un million de fois,
Je n'en ai poinr voulu.

FOLIDOR.

De qui donc faire choix ?
Si j'avois des parens encor ! mais ma famille
Conſiſte ſeulement en mon fils & ma fille.

VALENTIN.

Pour la fille, encor paſſe.

FOLIDOR.

Oui, mais....

VALENTIN.

Tu la hais fort,
Je le ſais.

FOLIDOR.

Il eſt vrai, mais j'aurois un remord.
Donner ma fille au Diable! Ah! la choſe eſt trop forte.

VALENTIN.

Fais comme tu voudras; dans un mois je t'emporte.

FOLIDOR.

Si vous pouviez ſavoir le cruel embarras ...

VALENTIN.

Pour t'en tirer, apprends ce que tu ne ſais pas.
La fille en queſtion n'eſt nullement ta fille,
Les Diables ſavent tout. Autrefois certain drille
En contoit à ta femme.

FOLIDOR.

Et c'eſt de leurs amours
Que cette fille vient? je m'en doutai toujours.
Je cherchois la raiſon de ma haîne implacable.
Puiſqu'Hortenſe n'eſt point à moi, qu'elle aille au Diable;
Prenez-la, j'y conſens. Mais parlons entre nous.
Alors que vous l'aurez, dites, qu'en ferez-vous?

VALENTIN, *embarraſſé.*

J'en ferai... Mais que fais-je?... Une beauté brillante,
Qui ne trouvera point de cœur qu'elle n'enchante;
J'en rendrai mille gens à la rage amoureux:
Et, comme elle n'aura que des rigueurs pour eux,
Ils ſe donneront tous au Diable pour lui plaire,
Et ce ſont des Sujets qu'elle ſaura me faire.

FOLIDOR.

Vous la laiſſerez donc en pleine liberté?

VALENTIN.

Assurément.

FOLIDOR.

Et moi, vous m'auriez emporté?

VALENTIN.

Çà, concluons un peu. Crois-tu que cette Hortense
Consente à se donner à moi sans répugnance?

FOLIDOR.

Vous connoissant pour Diable, elle n'en fera rien:
Et vous croyant Laquais, c'est encor pis.

VALENTIN.

Hé bien!
Je vais changer d'habit.

FOLIDOR.

Changez plutôt de mine;
Car à voir vos yeux seuls, aisément on devine
Que vous êtes le Diable.

VALENTIN.

Ainsi, pour l'abuser,
Je vais en beau blondin me métamorphoser.
Elle avoit un amant?

FOLIDOR

Oui, qu'on nomme Léandre.

VALENTIN.

J'en connois la figure, & je m'en vais la prendre.

FOLIDOR.

Ah! pour ne vous point voir je détourne les yeux,
Et voudrois pour beaucoup être loin de ces lieux.

(Dans le tems que Valentin s'enfonce dans la trappe, Léandre sort de dessous le Théatre, & paroit à sa place.)

SCENE

SCENE X.

LÉANDRE, FOLIDOR.

LÉANDRE.

Pourquoi ? ce changement est-il si formidable ?

FOLIDOR, *effrayé.*

Ah ! que vois-je ? où s'étend la puissance du Diable !
J'ai de la peine à croire encor ce que je vois.
Comment donc ! le visage, & la taille & la voix ;
On diroit de Léandre.

LÉANDRE.

Avec cette figure
Pourrons-nous l'abuser ?

FOLIDOR.

Oh ! la chose est bien sûre.

LÉANDRE.

Qu'elle vienne au plutôt.

FOLIDOR.

Oui : mais auparavant
Je veux revoir mon fils ; vous trompez fort souvent,
Vous autres Diables.

LÉANDRE.

Non, ne crains rien.

FOLIDOR.

Oh ! de grace,
Rendez-moi mon cher fils, & même Polycrasse.

LÉANDRE, *à part.*

Je crains, malgré l'argent que je leur ai donné,
Que le vin qu'ils ont bu...

FOLIDOR.

Vous semblez étonné.
Qu'a-t-on fait de mon fils ? hélas ! que j'appréhende...
Comment ! ne pouvez-vous m'accorder ma demande ?

LÉANDRE.

Il faut te satisfaire. Esprits, qui m'écoutez,
Qu'on relâche à l'instant ceux qu'on tient arrêtés.

SCENE XI.

FOLIDOR, LÉANDRE, POLYCRASSE & FRANCILLON,

ſortant de deſſous le Théâtre, ivres.

FOLIDOR.

AH! voilà mon cher fils! Viens-çà, que je t'embraſſe.
Et je revois auſſi ce pauvre Polycraſſe!
Ils ne me diſent rien, & ſemblent endormis.

LÉANDRE.

C'eſt que du charme encore ils ne ſont pas remis.
(*à part.*)
Qu'ils ſont ivres!

FOLIDOR.

Enfin j'ai briſé votre chaîne.

LÉANDRE.

Finiſſons notre affaire.

FOLIDOR.

On a bien de la peine
Pour ravoir....

POLYCRASSE.

» Facilis deſcenſus Averni.

FOLIDOR.

Mon fils, reconnois-moi.

FRANCILLON.

Bon jour, vinum vini.

LÉANDRE, *à part.*

J'enrage ; ils vont parler.

FOLIDOR.

Comment donc ! qu'eſt-ce à dire ?

FRANCILLON.

C'eſt-à-dire du vin.

FOLIDOR.

Du vin ?

POLYCRASSE.

Je ſais l'inſtruire.

Avant qu'il ſoit dix ans j'en veux faire un Docteur.

FRANCILLON.

Non, non, je ne veux pas, je veux être ſouffleur,
Je ne ſouffle pas mal, au moins.

FOLIDOR.

Il paroît ivre.

FRANCILLON.

La bouteille ſera déſormais mon ſeul livre ;
Je ne veux point avoir un autre rudiment.

FOLIDOR.

Quels diſcours ſont-ce-là ?

LÉANDRE.

C'eſt un enchantement.

FRANCILLON.

Oui, je ſuis enchanté ! Votre vin, cher beau-frere,

Est un vin... Il en faut faire boire à mon pere.
Retournons aux Enfers.

LÉANDRE, *à part.*

Ah ! me voilà perdu !

(*à Polycrasse.*)

Faites-le taire au moins.

POLYCRASSE.

Oui, paix. Le voilà tu.
Et moi, je vais parler. Le vin...

LÉANDRE, *à part.*

Que va-t-il dire?

POLYCRASSE.

Voilà la grande erreur.

LÉANDRE, *à part.*

Je souffre le martyre.

POLYCRASSE.

Quand on trouve du vin mauvais, on dit d'abord :
Voilà du vin du Diable.

FOLIDOR.

Hé bien?

POLYCRASSE.

On a grand tort.
Le vin du Diable est bon, n'est-il pas vrai?

FRANCILLON.

Sans doute.
Allons-en boire encore, & que mon pere en goûte.

FOLIDOR.

Resteront-ils long-tems dans cet égarement?

LÉANDRE

Je vais les en tirer dans ce même moment.
Le charme finira tout aussi-tôt qu'Hortense,
Livrée entre mes mains.... La voici qui s'avance.

SCENE XII.

FOLIDOR, ÉLISE, LÉANDRE, HORTENSE, NÉRINE, POLYCRASSE & FRANCILLON *ivres.*

ÉLISE, *à Hortense, bas.*

Je suis assez instruite, & vais vous seconder.

(*à Folidor.*)

Eh bien, vous aviez tort de vous intimider;
Votre fils retrouvé vous tire enfin de peine.
Mais Léandre en ces lieux! quelle affaire l'amene?

FOLIDOR, *à Élise.*

(*à Hortense.*)

Je lui donne ma fille. Oui, je veux aujourd'hui,
Après tant de refus, que vous soyez à lui.
N'y consentez-vous pas?

HORTENSE.

Si j'y consens, mon Pere?
Ah! je ferai toujours ce qui pourra vous plaire.

ÉLISE.

Léandre, emmenez-la chez vous, & promptement,
De crainte qu'il ne change encor de ſentiment.

FOLIDOR.

Je n'en changerai point, & conſens qu'il l'emmene.

LÉANDRE, *emmenant Hortenſe.*

Monſieur, juſqu'au revoir.

FOLIDOR.

N'en prenez pas la peine.

SCENE XIII.

FOLIDOR, ÉLISE, NERINE, POLYCRASSE & FRANCILLON *ivres.*

ÉLISE.

ÇA, réjouiſſons-nous.

FOLIDOR.

Vous en avez ſujet.
A qui croyez-vous donc donner ce cher objet,
Ce bel enfant qui m'eſt venu de contre-bande?

ÉLISE.

A Léandre. Voyez la plaiſante demande!

FOLIDOR.

De joie en ce moment vos ſens en ſont ravis?

ÉLISE

Sans doute.

FOLIDOR.

C'eſt donc là Léandre, à votre avis?

ÉLISE.

Si ce n'eſt pas Léandre, il eſt en tout ſemblable.
Et qui ſeroit-ce donc, s'il vous plaît?

FOLIDOR.

C'eſt le Diable,
Qui, ſans ce beau préſent, m'auroit rompu le cou.

ÉLISE.

Par ma foi, mon Mari, vous êtes un grand fou.

SCENE XIV *& derniere.*

FOLIDOR, ÉLISE, VALENTIN, POLYCRASSE & FRANCILLON *ivres*, NÉRINE, MUSICIENS, MUSICIENNES.

VALENTIN.

PLACE, place, Meſſieurs; voici de la Muſique
Que le Diable conduit.

FOLIDOR.

Du moins que l'on m'explique...

UNE MUSICIENNE *chante.*

Nº I.

Tu crois au Diable abandonner Hortenſe,
Elle ſe voit dans les bras de l'Amour:
De ſon Amant tu trompois l'eſpérance;
Mais il a ſu tromper ta vigilance.
Chacun à ſon tour.

II MUSICIENNE.

Pour obtenir la main de sa Maîtresse,
Léandre fait le Diable dans ce jour;
Et, dès demain, pour prix de sa tendresse,
Elle fera peut-être la Diablesse.
Chacun à son tour.

FOLIDOR.

Comment donc, s'il vous plaît? Que veut dire ceci
Laissez-là vos chansons: je veux être éclairci.

ÉLISE.

Quel éclaircissement vous faut-il davantage?
Vous êtes pris pour dupe.

FOLIDOR.

Oh! qu'entends-je? j'enrage.
Comment donc, malheureux, vous osez me duper!

VALENTIN.

Monsieur, je vous trompois, je viens vous détromper.
Je ne suis point le Diable.

FOLIDOR.

Et quel es-tu donc, traître?

VALENTIN.

Mon nom est Valentin, & Léandre est mon Maître.
Sachant que vous vouliez trouver absolument
Ce que tant d'autres fous ont cherché vainement,
J'ai voulu là-dessus contenter votre envie;
Et, ce que n'avoient pu vos secrets de chymie,

Votre fils Francillon l'a fait par mon moyen.
J'ai mis entre ses mains un lingot d'or.

FOLIDOR.

Hé bien ?

FRANCILLON.

Hé bien, je l'ai jetté dans le creuset, mon pere.

FOLIDOR.

Comment, coquin, c'est toi ?....

FRANCILLON.

Tout doux : point de colere.

FOLIDOR.

Puis-je croire .....

FRANCILLON.

Croyez que je ne vous ments pas.

POLYCRASSE, *ivre.*

L'Enfant dit vrai, Monsieur : » in vino veritas.
Mais il faut châtier le vin dans la jeunesse.

FRANCILLON.

Me châtier !

FOLIDOR, *à Polycrasse.*

Et vous, avec votre sagesse,
Avec votre air cagot, vos discours de Pédant....

FRANCILLON.

Il faudroit lui donner le fouet.

POLYCRASSE.

Impertinent !

FRANCILLON *ivre.*

Vous êtes un ivrogne.

FOLIDOR.

Ah ! je me déſeſpere.
Se peut-il ?.. Mais j'ai tort de me mettre en colere.
Perſonne n'a jamais au monde eu tant de peur.
Mais, puiſque je me vois remis de ma frayeur,
Je vous pardonne à tous ; & ne veux de ma vie
Ni ſouffler, ni chercher de ſecrets de chymie.
Mais que je ſache au moins comment dans ma maiſon....

VALENTIN.

Suffit. De tout cela nous vous rendrons raiſon :
Nous en ferons tantôt l'entretien de la table ;
A préſent achevons la muſique du Diable.

DIVERTISSEMENT.

I. MUSICIEN.

N°. II.

L'Honneur, l'argent, l'amour,
Sont trois Diables
Impitoyables
Qui se combattent tour à tour.
La place d'armes
Est un jeune cœur,
Que défend le Diable d'honneur.
Le Diable d'Amour, par ses charmes,
Par ses larmes,
Cherche à s'en rendre vainqueur;
Avec ses fleches
Il fait des breches:
Mais le Diable d'argent, d'un plein saut,
Monte à l'assaut.

FRANCILLON *ivre*.

N°. III.

Du vin de mon beau-frere
Je boirois soir & matin.
Plus de Despautere,
De Rudiment, de Grammaire;
Du vin.

I. MUSICIEN.

N°. IV.

Une femme toujours égale,
Des Amans heureux & diſcrets ;
C'eſt la pierre philoſophale,
Qu'on ne trouvera jamais.

II. MUSICIEN.

Un Gaſcon qui ſouvent régale,
Un Normand ſans procès ;
C'eſt la pierre philoſophale,
Qu'on ne trouvera jamais.

I. MUSICIEN.

N°. V.

Ah ! que l'Hymen eſt agréable
Pour un jour !
Tout y plaît, tout en eſt aimable ;
C'eſt l'Amour.
Le lendemain n'eſt pas ſemblable.
Dans une nuit
Tout eſt détruit.
Le Soleil luit,
L'Amour s'enfuit ;
C'eſt le Diable.

VALENTIN.

Ah ! que le Parterre eſt aimable,
Dans ce jour !
Son bon goût nous eſt favorable ;
C'eſt l'Amour.
Quand une Piece eſt déteſtable,
Quelle rumeur !
Quelle fureur
Contre l'Acteur,
Contre l'Auteur !
C'eſt le Diable.

FIN.

www.ingramcontent.com/pod-product-compliance
Ingram Content Group UK Ltd.
Pitfield, Milton Keynes, MK11 3LW, UK
UKHW021517260726
13993UKWH00004B/1730